Amber Auburn

Nebelweiß - Academy of Shapeshifters

Amber Auburn

NEBELWEIß

ACADEMY OF SHAPESHIFTERS

EPISODE 4

Fantasyserie

Kontakt über:
Mainwunder Agentur für kreative Kommunikation
Heinreich-Heine-Str.13
63303 Dreieich (Kreis Offenbach am Main)

1. Auflage
Lektorat: Marlies Lüer, www.silberworte.de
Coverdesign: Juliane Schneeweiss, www.juliane-schneeweiss.com
Mädchen © shutterstock.com/Aila Images
Nebelparder © depositphotos.com/scheriton
Grafiken © depositphotos.com/yyanng

Druck: CreateSpace
Amazon Media EU S.à r.l.
5 Rue Plaetis
L-2338 Luxembourg

ISBN-13: 978-1534895164
ISBN-10: 1534895167

Es wird bald regnen, dachte ich und sah in den immer dunkler werdenden Himmel. Es war noch nicht mal Mittag, dennoch sah es so aus, als würde jederzeit die Sonne untergehen. Zwischen den dichten Baumkronen blitzten kleine Stückchen Graublau auf, die mich von der Form an meine ersten künstlerischen Versuche mit acht Jahren erinnerten. Ich hatte mir zu Weihnachten ein riesiges Malen-nach-Zahlen-Bild gewünscht: Einen weißen Wolf mit seiner Familie, im Hintergrund ein düsterer Wald mit Vollmond.

Damals war ich noch ein völlig normales Mädchen gewesen, nun, zumindest halbwegs. Und jetzt? Jetzt gehörte ich wirklich einem Wolfsrudel an und streifte Tag für Tag in finsteren Wäldern herum. Es war, als hätte ich mein menschliches Leben hinter mir gelassen und wäre hinein in die Traumwelt aus dem Bild geschlüpft.

Ich sah in die freudigen Gesichter meiner Freunde. Finn, Matteo und Ben standen kaum zwei Meter entfernt und philosophierten über ihren ersten Sieg; darüber, wie sie die Can ausgetrickst und deutlich mehr Punkte nach Hause geholt hatten. Sie glaubten, es alleine durch Schnelligkeit und Kampfgeist geschafft zu haben.

Wenn die wüssten!

»Aua.« Ich biss die Zähne aufeinander. Durch meinen Unterschenkel zuckte ein dumpfer Schmerz. Mit zerknirschtem Gesicht sah ich auf das seltsame Gebilde von Leinentüchern und getrocknetem Blut.

»Es ist nichts gebrochen«, offenbarte Zoltan nach einem prüfenden Blick auf mein nacktes Schienbein. Etwas abseits der Mitte waren die Zahnabdrücke notdürftig mit Gazestreifen abgedeckt worden. Noch immer quoll das Blut aus den Löchern, die Zofias Zähne hineingefressen hatten. Zoltan wickelte sorgfältig einen Verband darum. Der Schmerz verklang nach einer Weile. Zurück blieb nur das Gefühl, verletzt worden zu sein - auf mehrerlei Art.

»War es das?«, fragte ich und machte Anstalten aufzustehen. Zoltan drückte mich an den Schultern nach unten.

»Wir müssen abwarten, was Viktor sagt.«

»Ach Quatsch, kein Grund, einen Aufstand zu machen. Sind bloß ein paar Kratzer.«

Zoltan sah mich streng an.

»Du wartest hier. Jungs, passt auf, dass sie nicht aufsteht.«

Finn unterbrach sogleich das Gespräch mit Matteo und kam an meine Seite. Wie es dieser Junge nur schaffte, immer fröhlich zu sein, war mir ein Rätsel.

»Na, bereit für die nächsten Spiele?« Sein breites Grinsen steckte an.

»Klar. Ich bin dabei. Ohne mich könnt ihr sowieso nicht gewinnen.«

Finn klopfte mir kumpelhaft auf die Schultern.

»Du bist unser Glücksbringer. Wir gewinnen die Spiele - ich weiß es einfach. Wir lagen noch nie nach dem ersten Spiel in Führung. Wir werden siegen und am Ende des Tages baden wir alle nackt im Fluss!«

Er lachte. Ich ignorierte meine rosigen Wangen und lachte einfach mit.

»Wenn wir gewinnen, komme ich diesmal sogar mit.« Ich erinnerte mich noch an meinen letzten Badeversuch, der gehörig in die Hose gegangen war. Das würde mir nicht noch einmal passieren.

»Kannst du denn aufstehen, Lena?« Bens breites Gesicht hatte einen sorgenvollen Zug angenommen.

»Gebt mir ein paar Minuten und ich bin wieder fit!« Langsam krempelte ich meine Hose herunter. Sie lag eng an und passte nicht über den provisorischen Verband. War ja klar.

»Vergiss es. Die Spiele sind für dich gelaufen.« Matteo sah abschätzend auf den blutdurchtränkten Verband. »Die Reißzähne einer Katze graben sich tief in das Muskelfleisch. Das tut nicht nur höllisch weh, sondern ist auch gefährlich. Willst du einen Muskelriss riskieren? Du bleibst sitzen, bis Viktor und Zoltan zurück sind.«

»Bist du jetzt mein Vater?«, blaffte ich zurück. Mit aufeinandergepressten Kiefern drückte ich mich nach oben.

»Solltest du nicht doch lieber sitzenbleiben?«, fragte Ben vorsichtig und griff unter meine Arme, doch ich wollte nicht, dass er mir half. Niemand von ihnen sollte mir helfen.

»Ich schaffe das und dann zeigen wir es denen.« Kaum, dass ich stand, kehrte der Schmerz zurück. Ich war mir nicht mal sicher, ob der Verband einen einzigen Schritt halten würde.

»Wieso lasst ihr sie aufstehen?« Janis stand plötzlich neben mir. Seine sonst so freundlichen Augen hatten einen eisigen Ton angenommen - wie gefrorenes Wasser.

Ich stand schon halb, als er mich erneut zum Sitzen zwang. Prüfend begutachtete er mich von Kopf bis Fuß. Offenbar verstand er sich ebenfalls als mein Vater.

»Ich glaube nicht, dass du das Risiko einer bleibenden Verletzung eingehen solltest. Zoltan hat sich klar ausgedrückt. Du wartest, bis Viktor zurück ist.«

Seine Stimme war gleichzeitig warnend und fürsorglich. Offenbar hatte er den richtigen Ton noch nicht gefunden, mit dem er mich vor den Augen seines Rudels ansprechen wollte.

»Zoltan ist Lehrer, kein Arzt. Was weiß der schon?«, motzte ich zurück. »Er war nicht dabei.«

In Janis Eisaugen kam ein Sturm auf.

»Lena, du hättest wirklich bei uns bleiben sollen. Dann wäre das nicht passiert.«

»Ihr wart alle sehr schnell.« Mit den Fingern malte ich Kreise in den Sand neben meinen Beinen. Jegliche Gefühlsregung schluckte ich hinunter. »Ich wollte als Erste im Ziel sein, um Punkte für uns zu holen. Was ist so falsch daran?«

Janis strich mir eine Strähne von der Wange.

»Ich habe dich vor ihnen gewarnt. Die Fel sind gefährlich in diesen Spielen. Sie müssen dich als unsere Schwachstelle erkannt haben.«

»Das bin ich also ... eure Schwachstelle.«

Janis sah zerknirscht drein.

»Nun, zumindest bist du noch nicht so lange dabei und beherrschst dein Tier nicht so wie wir.«

Seine Worte trafen mich tief im Herzen.

»Das mit dem Mutmachen solltest du noch üben«, gab ich zurück.

»Lena, es ... tut mir leid. Das alles. Wenn du mir nur sagen könntest, wer von diesen räudigen Katzen das war, dann ...« Ich sah, wie sich Janis‘ Kiefer spannte. Er schien wirklich wütend zu sein.

»Wie ich schon sagte; ich hab nicht viel gesehen. Es ging alles ziemlich schnell und dann war ich schon hier und ihr kamt.«

Ich sah auf den durchgesuppten Verband. Bei meinen Lügenkünsten wollte ich Janis lieber nicht in die Augen sehen. Er würde etwas merken und dann war all die Zurückhaltung, mein Versuch, mir nichts anmerken zu lassen und die Tränen zu unterdrücken, umsonst gewesen.

»Ich werde sie finden und sie bestrafen, das verspreche ich dir.« Er gab mir einen kurzen Kuss auf die Wange, dann erhob er sich.

Hoffentlich hältst du dein Wort, antwortete ich ihm in Gedanken.

Noch immer kämpfte ich gegen die Demütigung an, die in meinem Kopf eine Schneise der Verwüstung hinterließ. Wenn das so weiterging, war bald nichts mehr von der Freude und der Liebe übrig, die mich in den letzten Tagen so glücklich gemacht hatte. Meine Gedanken kreisten unaufhörlich um einen einzigen Punkt: Zofia. Ich wusste, dass es dumm war, mich von ihr verletzen zu lassen. Nach so vielen Jahren Mobber-Erfahrung hätte ich mich für klüger gehalten, um zumindest den Angriff vorherzusehen. Immerhin hatte es eindeutige Vorzeichen gegeben. Dennoch schmerzte die Gewissheit, dass ich von Mitgliedern meiner eigenen Mannschaft angegriffen worden war. Friendly Fire, wie es so schön hieß. Zofia und ihre dunklen Gefährten hatten mir aufgelauert. Es war ihnen wichtiger gewesen, mich zu verletzen, anstatt das Spiel zu gewinnen. Ich verstand es einfach nicht. Ich war unfähig zu begreifen, was Zofia dazu bewegt hatte und egal, wie oft ich darüber nachdachte, es führte zu keinem Ergebnis. Ich konnte nur einen sinnvollen Schluss daraus ziehen: Zofia war bösartig und hatte Spaß daran, andere zu quälen. Oder hatte es doch etwas mit Janis und mir zu tun?

Ich sah erst wieder von dem Kreismuster im Sand auf, als ich sicher war, dass Janis weg war. Er trommelte einige Rudelmitglieder zusammen, während ich noch immer von Ben, Finn und Matteo bewacht wurde, die sich über das letzte Spiel unterhielten. In der Ferne sah ich Janis' hellen Haarschopf, beobachtete wie er von den Mitgliedern seines Rudels gefeiert wurde. Immerhin hatte er die Gruppe in den Sieg geführt. Mit mir hatte das rein gar nichts zu tun.

Mein Herz erwärmte sich ein wenig, als ich an unseren ersten Kuss zurückdachte. Doch wurde das Glücksgefühl sofort wieder von anderen Gedanken überschattet.

Zofia war ein Problem. Ein riesiges Problem, nicht nur für mich - sondern für Janis und mich. Sie schien noch immer an ihm interessiert zu sein. Denn schon wieder kam sie ihm viel zu nahe, strich ihm über den Rücken und zeigte ihm ihre Anerkennung, indem sie die langen Haare in den Rücken warf und verwegen lächelte.

»So eine Bitch«, murmelte ich, griff nach einem Stöckchen, bohrte es solange in den losen Sand, bis die Spitze abbrach.

Leider war sie keine einfache Mobberin, so wie ich sie reihenweise in der Schule erlebt hatte. Sie war ernsthaft gefährlich und könnte, wenn sie wollte, eine ganze Steinmauer zwischen Janis und mir errichten. Sie hatte im Rudel eine deutlich bessere Position als ich. Wenn sie auf die Idee käme noch weitere Can gegen mich aufzuhetzen, würde sie Janis irgendwann zu einer Entscheidung zwingen. Mir wurde ganz schlecht, bei der Vorstellung nie richtig mit ihm zusammen sein zu können.

Ja, ich war nur eine Gamma und mein Freund der Alpha. Doch wo war das Problem? Wir waren alt genug, um zu wissen, dass man Gefühle nicht beeinflussen kann. Und er und ich passten so gut zueinander. Konnte sie uns das nicht einfach gönnen?

Über meinem Kopf ertönte ein Grollen, wie das Gurgeln eines zutiefst wütenden Wolfes. Ein Gewitter zog auf.

Auch die anderen Rudelmitglieder sahen in den Himmel.

»Wie weit, Welpe?«, fragte Matteo an Finn gewandt.

»Fünf Kilometer, vielleicht vier. Es zieht in unsere Richtung.«

»Dann werden die Spiele heute nicht mehr weitergehen.« Matteo winkte einige Can heran, die sich uns von allen Seiten näherten. Über ihnen ragte der hünenhafte Körper des Camp-Chefs auf, der nicht nur die Can, sondern auch die Fel mitbrachte.

Eine unerklärliche Aufregung packte mich, als ich in der Menge nach einer ganz speziellen Gestalt Ausschau hielt. Ich entdeckte Jeff und seine Lakaien, wie sie mit grimmigen Gesichtern in Viktors Nähe blieben - auf der anderen Seite sah ich ein paar Betas, Freunde von Matteo. Offenbar hatte Viktor sie bei einem Kampf erwischt, der nicht zu den Spielen gehört hatte. Es wirkte so, als würde er sie gleich auf die Ersatzbank schicken. Doch *ihn* sah ich nirgendwo.

Kaum hatte Viktor mich erreicht, zog eine dunkle Wolke über unsere Köpfe hinweg und es begann, in Strömen zu regnen. Ein Raunen ging durch den Himmel und kurz darauf krachte es. Hektik brach aus. Alle Campbewohner suchten eilig Schutz unter größeren Bäumen und nicht mal die Hälfte von ihnen blieb bei diesem Versuch trocken. Es regnete so heftig, dass ich glaubte, jemand hätte einfach eine riesige Badewanne über unsere Köpfe ausgeschüttet. Innerhalb von Sekunden war der Boden aufgeweicht. Das Wasser malte ganze Landkarten ins sandige Erdreich.

Ben und Matteo packten mich an den Schultern und trugen mich noch tiefer in den Schatten eines Baumes, da mein Bein frei gelegen hatte und der Verband bereits fast völlig durchnässt war. Finn und Matteo versuchten anschließend, ein Gespräch zu führen. Doch die niedergehenden Wassermassen hatten die Lautstärke eines Presslufthammers und so blieb uns allen nichts anderes übrig als zu warten.

Der Regen nahm auch nach Minuten nicht ab und ich glaubte sogar für einen Moment, dass wir ernsthaft in Schwierigkeiten geraten würden. An den Rändern der Senke flossen die Wassermassen hinein und der Boden wurde immer schlammiger. Ich suchte Finns Gesicht. Doch er grinste noch immer. Es konnte also nicht so schlimm sein.

Und tatsächlich. Nach weiteren Minuten ließ der Regen langsam nach. Es wurde leiser und der Himmel etwas heller und Finn und Matteo konnten endlich anfangen sich schreiend zu unterhalten. Ich hörte nur mit einem Ohr hin und beobachtete die anderen Campbewohner. Viktor ragte neben mir auf, wie ein Riese unter Zwergen. Er sah starr in den Himmel, wie eine Statue. Ben stand auf meiner anderen Seite und amüsierte sich über die beiden Streithähne.

Unter einem nahen Baum entdeckte ich Janis und Zofia unter den Betas. Sie standen dicht beieinander und warteten darauf, dass der Regen aufhörte. Ich zwang mich dazu, nicht zu lange bei ihnen zu verweilen. Allein ihr vertrauter Anblick versetzte meinem Herz einen Stich.

Unter den umstehenden Bäumen stand der Rest meines Rudels, auf der anderen Seite, unter einer Baumgruppe, befanden sich die Fel. Mein Herz schlug schneller, als ich die Augen unruhig von einer Gestalt zur nächsten wandern ließ.

Da ist er!

Mein Herz stolperte, als ich ihn endlich sah: den Pantherjungen. Er stand reglos unter einer alten Eiche, seine grünen Augen konnte ich im Dunst des niederfallenden Regens nicht erkennen. Doch ich war mir sicher, dass er mich ansah. Sein Kopf deutete in meine Richtung. Es war nicht das erste Mal, dass er mich anstarrte - ich starrte zurück. Neben ihm erkannte ich Rajani; sie winkte mir zu und ich schenkte ihr ein kurzes Lächeln, das sicher im Tropfenmeer unterging.

Ich weiß nicht wieso, doch es beruhigte mich zu wissen, dass er da war und seine Gruppe ihn nicht verstoßen hatte, weil er einer Feindin geholfen hatte. Sicherlich hatte er niemandem davon erzählt. Genau so wollte ich es auch halten. Leider waren wir nicht alleine gewesen. Zofia und ihre dümmlichen Fußabtreter hatten ihn gesehen, waren von ihm vertrieben worden und kannten die Wahrheit. Noch ein Grund mehr, sie nicht weiter zu reizen.

Mein Blick ging in den Himmel. Langsam, ganz langsam klärte es sich auf. Das Rauschen hatte etwas zutiefst Beruhigendes an sich. Nach einer Weile erwischte ich mich sogar dabei, wie ich zu lächeln begann - einfach so. In der Ferne grollte der Donner davon. Das Gewitter entfernte sich und der Regen hörte irgendwann auf.

Das Erste, was ich hörte, als der Regen verebbte, war Finns und Matteos Streitgespräch. Offenbar waren sie immer noch dabei, das letzte Spiel auszuwerten. Sie zankten sich wie ein altes Ehepaar. Ben und ich tauschten wissende Blicke aus. Irgendwann grunzte Matteo laut und drehte sich demonstrativ weg. Das war das Zeichen für Finn, dass er gewonnen hatte. Wie ein kleiner Junge piekste Finn den zornigen Matteo, der ihm die kalte Schulter zeigte.

»Sie sind irgendwie putzig«, sagte ich hoch hinauf in Bens Gesicht.

»Sie sind immer so«, gab dieser zurück.

»Seltsam, dass sie sich so gut verstehen. Ich meine, Matteo ist ein Beta und so ganz anders als der fröhliche Finn.«

»Matteo ist noch nicht lange ein Beta. Früher haben sie ständig zusammengehockt. Sie kamen beide fast zeitgleich im Camp an. Ich schätze, das hat sie zusammengeschweißt, irgendwie«, erzählte Ben.

»Wie lange sind sie schon hier?«, erkundigte ich mich mit einem Blick auf die beiden.

»Drei Jahre dürften es schon sein.«

»So lange?« Matteo musste demnach neunzehn sein, oder zwanzig. Bei Finn war ich mir da nicht so sicher. »Wie lange bist du schon hier?«

»Vier Jahre.« Ben grübelte. »Oder sind es schon fünf? Ich bin mir nicht sicher. Es ist auf jeden Fall eine lange Zeit.«

»Und ... Janis?« Ich vermied es, nach ihm zu sehen. Denn ich war mir sicher, dass Zofia immer noch bei ihm stand und wer weiß was berührte.

»Der ist kurz nach Finn und Matteo hergekommen.

Sehr talentierter Kerl. Einer der Besten des ganzen Camps. Hab vorher nie einen besseren Kämpfer gesehen.« In Bens Stimme lag Bewunderung.

Dabei fiel mir auf, dass ich Janis noch immer nicht hatte kämpfen sehen. In meiner Vorstellung war er dabei genauso stark und stolz wie als Mensch. Doch ein klein wenig fürchtete ich mich auch davor, ihn so zu sehen. Was, wenn es mir nicht gefiel, wie er kämpfte? Es könnte mein Bild von ihm als gerechten und guten Anführer zerstören, wenn er sich gnadenlos und mit geöffnetem Maul auf meine Rajani stürzte und sie vielleicht sogar verletzte.

Viktor rührte sich neben mir in dem Moment, wo es vollkommen aufgehört hatte zu regnen.

»Die Testspiele sind hiermit unterbrochen. Wir geben dem Wald Zeit bis morgen. Dann geht es weiter.«

Ich glaubte nicht daran, dass der Boden bis morgen merklich trockener sein würde. Dennoch war ich froh, dass ich fürs Erste nicht mehr kämpfen musste. Meine Wunden mussten richtig versorgt werden. Über Nacht konnte die Heilung beginnen und morgen würde ich dann erneut das Feld betreten. Ich war mir sicher, dass Zofia mit allem rechnete, aber nicht damit, dass ich weiter an den Spielen teilnahm.

Schon am nächsten Morgen ging es weiter. Uns blieb nicht mal genug Zeit für das Frühstück, schon trommelte Viktor alle zusammen und wir machten uns auf den Weg zu einem der Trainingsgelände. Zu meinem Bedauern war es das, auf dem Viktor mich mit Elektroschockern dazu gebracht hatte, die Gestalt zu verändern. Zwischen den hochgewachsenen immergrünen Tannen ragten die Baumstämme in die Luft.

Viktor lief mit uns am Rande des Spielfelds entlang und ich bestaunte die Präzision, mit der die Pfähle in die Erde gehauen worden waren. Die Abstände zwischen den einzelnen Stämmen sahen fast gleich aus. In drei aufeinander aufbauenden Ringen waren sie angeordnet, die dazwischen mit einzelnen Pfeilern verbunden waren. Es erinnerte mich an das Brett für ein Mühlespiel, nur eben rund.

Als wir unseren Rundgang beendet hatten, ließ Viktor uns Zeit, je fünf Spieler auszuwählen, die an diesem Spiel teilnehmen sollten. Zu meinem Bedauern war ich eingeteilt worden, neben Finn und drei anderen Can, die für ihre Flinkheit und Wendigkeit bekannt waren. Gemeinsam stellten wir uns auf Viktors linke Seite, während die Fel auf der anderen Seite erschienen, unter ihnen Rajani. Sie sah kurz hinter Viktors Rücken zu mir herüber, auf den Lippen ein siegessicheres Grinsen. Ich erwiderte es und hoffte, dass ich mich nicht allzu blöd anstellen würde. Mit den Fingern tastete ich kurz an meinem Bein hinab zu dem Verband, den mir Zoltan noch vor dem Frühstück angelegt hatte.

Die Nachtpause hatte meinem Körper gutgetan. Die Wunde hatte endlich aufgehört zu nässen und begann zu heilen. Schmerzen verspürte ich nur, wenn ich mich ruckartig bewegte.

»Bist du sicher, dass du teilnehmen kannst?«, fragte Viktor, dicht an meinem Ohr.

»Klar. Kein Problem.«

»Gut. Dann Aufstellung!«, brüllte er und ich folgte Finn zu den kleineren Pflöcken, die aufsteigend, wie eine Art Treppe, zum Spielfeld hinaufführten. Die Höhe machte mir doch etwas zu schaffen, als ich am ersten Pfahl stehenblieb und hinaufsah. Die Stämme ragten gut drei bis vier Meter in die Höhe und sahen nun, wo ich sie genauer in Augenschein nahm, sehr wackelig aus. Ich hatte keine Vorstellung davon, wie ich auf vier Pfoten darauf Halt finden sollte. Anscheinend war ich die Einzige, die sich über so etwas Gedanken machte, denn die anderen Can bereiteten sich schon vor, zogen ihre Jacken aus, banden Haare zurück und erwärmten ihre Muskeln mit Kniebeugen. Ich ahmte sie nach und blieb dann als Letzte in der Fünferreihe stehen, als Zoltan zu uns kam und Viktor zur Fel-Mannschaft hinübermarschierte. Mein Magen rebellierte alleine bei der Vorstellung, gleich dort oben auf einem Stamm zu balancieren.

»Ihr kennt es sicher, doch für Lena will ich es nochmal erklären«, sagte Zoltan und kam an meine Seite. »Dieses Spiel hat weitaus mehr mit Geschicklichkeit, als mit Kampf zu tun. Es kann durchaus vorkommen, dass es Kämpfe geben wird. Aber du solltest versuchen, dich davon fernzuhalten, wenn du nicht riskieren willst hinabzustürzen. Womit ich zum eigentlichen Ziel des Spiels komme. Ihr alle bewegt euch auf dem Spielfeld mit Sprüngen, und zwar so lange, bis die Spieler einer Mannschaft komplett gefallen sind.«

Ich traute mich gar nicht, zu fragen, was er mit *gefallen* meinte. Es konnte nur bedeuten, dass so lange gespielt wurde, bis entweder wir oder die Can im Dreck gelandet waren. Was für ein blödes Spiel.

»Noch ein Tipp an dich, Lena.« Zoltan kam an meine Seite. »Versuche nicht, zu schnell zu sein. In der Hast wirst du das Gleichgewicht schneller verlieren als du gucken kannst. Mit Ruhe und Strategie wirst du besser vorankommen. Verausgabe dich nicht und kämpfe nicht. Bleib einfach so lange oben, bis deine Teamkollegen die Fel heruntergeschubst haben oder diese von selbst gefallen sind.«

Ich nickte.

»Wo lang kann ich mich bewegen? Gibt es da auch bestimmte Regeln?«

»Gut, dass du es erwähnst. Es gibt noch eine Regel, die ihr alle unbedingt im Kopf behalten müsst. Ihr dürft euch nicht einkreisen lassen. Sollten sich auf allen angrenzenden Feldern Fel befinden, müsst ihr springen und scheidet aus.«

»Also ist es besser, in der Gruppe zu bleiben?«

»Wenn das möglich ist, ja.«

»Okay. Das schaffen wir.« Ich nickte meinen Teamkollegen zu und hatte plötzlich keine Angst mehr. Ich liebte den Wettbewerb und ich wollte dieses Spiel gewinnen, egal wie bescheuert ich es fand. Wir Can lagen in Führung und es war besser, diese Führung auszubauen. Ich war zwar noch immer verletzt, doch konnte mich das bisschen Schmerz nicht aufhalten. Ich wollte gewinnen. Ich musste gewinnen. Vielleicht würde Zofia dann endlich begreifen, dass ich ein Teil des Rudels war und mich in Ruhe lassen.

»Lena, bleib am besten immer hinter mir. Ich bin gut in dem Spiel und in all den Jahren immer als Letzter gefallen.«

»Als Letzter?«

»Ja.« Finn steckte mich erneut mit seinem Grinsen an. »Ich bin der perfekte Spieler dafür, sagt Matteo immer und damit hat er Recht. Keiner hat mich je darin geschlagen. Und wenn du es mir nachmachst, wirst auch du so lange oben bleiben. Umso mehr Punkte bekommen wir.«

»Verwandelt euch. Das Spiel startet in einer Minute!«, rief Viktor quer über die Lichtung. Er hatte das Spielfeld auf der Fel-Seite betreten und stand auf einem Stamm, der an den äußersten Ring angrenzte. Zoltan warf uns noch kurz ein *Viel Glück* zu, bevor er bei uns die Stufen erklomm und sich auf seinen Platz stellte, genau spiegelverkehrt zu Viktor. Die Wächter und anderen Lehrer verteilten sich ebenso wie die restlichen Can und Fel um den äußersten Ring herum und sahen hinauf.

Ich atmete tief ein und aus, bevor ich mir Matteos Geschichte ins Gedächtnis rief und mich verwandelte. Dann folgte ich Finn die Stufen hinauf zum Spielfeld.

Oben angekommen spürte ich bereits den rasch gehenden Wind, der an meinem Fell zerrte. Dennoch fühlte ich mich sicher. Als Fuchs war ich deutlich kleiner als viele der anderen Mitspieler und das war ein großer Vorteil. Meine vier schwarzen Pfoten fanden allesamt mühelos auf den runden Flächen der Pfähle Platz und so musste ich mein Körpergewicht nur etwas mit dem Schwanz ausbalancieren.

Wir Can verteilten uns in einem Halbkreis, zwischen uns war jeweils ein Stamm unbesetzt. Die Fel verteilten sich auf ihrer Seite ähnlich. Ich hatte nur noch ein paar Sekunden Zeit, um mir die Gegenspieler anzusehen, dann gab Viktor in Tigergestalt ein Brüllen ab und das Spiel begann.

So, wie wir es vereinbart hatten, sprang ich Finn hinterher, der in Kojotengestalt einmal zu mir zurücksah, bevor er an der Außenseite des Ringes mit seiner Runde begann. Ich übersprang die Lücke zwischen meinem Stamm und dem nächsten, der gut eine Körperlänge entfernt war. Ich erreichte ihn, doch konnte ich mich nur halten, indem ich meine Krallen in das Holz fahren ließ. Der anschließende Blick auf meine Pfoten war keine gute Idee. Das Spielfeld war doch deutlich höher als ich erwartet hatte. Für einen Moment wurde mir schwindelig. Dann konzentrierte ich mich wieder auf Finn, der bereits drei Stämme weiter war. Ich folgte ihm, während meine Ohren den Geräuschen der anderen lauschten, die sich scheinbar in der Mitte mit den Fel anlegten, denn ich hörte Knurr- und Fauchlaute.

Finn blieb leichtfüßig auf dem nächsten Stamm stehen und drehte den Kopf zu mir. Sein rotbraunes Fell erinnerte mich an seine Frisur und ich musste innerlich lachen. Dieses Tier passte wirklich gut zu ihm. Es war schlank und drahtig, flink und geschickt, doch nicht so imposant wie ein Wolf.

Bei meinem nächsten Sprungversuch stellte ich mich schon etwas besser an. Hinter mir ertönte plötzlich ein Fiepen. Ruckartig wandte ich den Kopf in die Mitte des Spielfelds. Lori, eine Waschbärendame und noch dazu eine Gamma, hielt sich mit letzter Kraft auf einem Stamm. Über ihr, mit den Pfoten auf zwei Stämmen, stand eine Raubkatze, die ich noch nie gesehen hatte. Sie sah aus wie ein Jaguar, doch war sie viel kleiner. Ihr Fell war beige und von großen plattenähnlichen Flecken übersät. War das ... Rajani?

Ich machte noch einen Sprung und beobachtete dann, wie Lori von einem Prankenhieb getroffen das Gleichgewicht verlor und abstürzte. Schreiend fiel sie in den Graben unter uns. Meine Krallen bohrten sich noch etwas tiefer in das Holz, als ich einen Blick hinab riskierte. Lori hatte sich schon wieder aufgerappelt und schüttelte den Matsch ab. Sie schien unverletzt. Gott sei Dank!

Ein kurzes Bellen holte mich zurück auf das Spielfeld. Finn wartete fünf Stämme entfernt. Er hatte mich gerufen. Eilig nahm ich meinen Weg wieder auf. Doch gleich darauf hörte ich erneut den verzweifelten Ruf eines Can. Die schlanke Katze hatte auch ihn hinunterbefördert, während die vier restlichen Fel ihr den Rücken stärkten.

Sie haben eine Strategie! Und eine ziemlich gute, wie es aussieht.

Mir wurde schlagartig bewusst, dass die Fel deutlich bessere Chancen hatten, dieses Spiel zu gewinnen. Immerhin waren sie noch fünf und wir nur noch drei - zwei! Auch Jakob, ein sehr vorsichtiger Wildhund war den Fel zum Opfer gefallen. Blieben also nur noch Finn und ich. Er sah zu mir zurück. Offenbar hatte er ebenso wie ich begriffen, dass unsere Strategie nicht aufging.

Die fünf Fel, allen voran die hübsche Katze mit den dunklen Augen, formierten sich in der Mitte des Spielfelds wie Löwen auf den Podesten in einer Zirkus-Show. In der Mitte saß die kratzbürstige Katze, links und rechts je zwei ihrer Freunde, allesamt kleine Wildkatzen und so verdammt wendig und flink, dass ich mir ganz blöd vorkam, so auf den Stämmen umherzuwackeln. Ich schloss eilig zu Finn auf. Unter uns hörte ich bereits die Jubelrufe und Pfiffe der anderen Fel. Es sah wirklich nicht gut aus für uns.

Finn sah von Nahem ebenso ratlos aus wie ich. Offenbar hatte er keine zweite Strategie parat. Also musste ich ran.

Ich beobachtete die Fel aus dem Augenwinkel, während ich den äußersten Kreis ablief, Finn mir hinterher. Die Fel bewegten sich nicht von der Stelle. Sie blieben ganz entspannt in ihrer Formation sitzen und drehten nur die Köpfe in unsere Richtung.

Wieso machen sie nichts?

In dem Moment hörte ich hinter mir ein Jaulen. Ich war für einen Moment unachtsam gewesen. Die Anführerin hatte Finn attackiert und er kämpfte mit aller Kraft dagegen an, vom Stamm zu rutschen. Unter uns waren die Oh-Rufe zu hören. Sicher war Matteo kurz davor, in Wolfsgestalt auf die Fel einzukloppen, die das gesamte Spiel amüsiert verfolgten.

Finn schaffte es gerade so, der Katze zu entkommen und zu mir aufzuschließen. Doch seinem Gang nach hatte er etwas abbekommen. Er wackelte bedrohlich auf den Pfählen und rutschte. Ich zog weiter meine Kreise und dachte immer noch darüber nach, wie ich verdammt nochmal einen von ihnen hervorlocken konnte. Doch mir fiel absolut nichts ein.

Plötzlich stand sie direkt vor mir - die wunderschöne Katze. In ihren Augen las ich Kampfeslust. War das wirklich Rajani?

Ich glaubte, sie lächeln zu sehen. Dann hockte sie sich hin und sprang kurz darauf ab, flog über mich hinweg und landete auf Finn, der nun endgültig abrutschte und hinabstürzte. Die Katze landete leichtfüßig auf dem Stamm, als wäre das alles ein Kinderspiel. Unten hörte ich Finn noch immer jaulen. Er schien blöd gefallen zu sein.

Leider konnte ich ihm nicht helfen. Ich war die einzige Can, die noch da war. Fünf gegen eins. Die Chancen standen wirklich beschissen. Doch ich wollte noch nicht aufgeben. Es gab nur eine Möglichkeit, wie ich noch gewinnen konnte. Ich musste sie müde machen.

Ich hörte endlich auf, im Schneckentempo über die Stämme zu hopsen, und legte an Geschwindigkeit zu. Mittlerweile hatte ich das Spielfeld im Kopf, wusste genau wie viele Stämme zu welchem Ring gehörten und in welchen Abständen sich die Verbindungsstücke befanden. Äußerst flink huschte ich über die Stämme hinweg. Meine Krallen boten den nötigen Halt und mein buschiger Schwanz balancierte mein Gewicht aus, falls ich ins Straucheln geriet. Die Fel formierten sich erneut in der Mitte. Doch ich bot ihnen keine Chance mich einfach zu umrunden, im Zickzack sprang ich mal zu ihnen, mal an ihnen vorbei und wendete immer wieder die Richtung. Ich war wie beflügelt, als ich sah, wie einer der Fel, bei dem Versuch mich schnell zu stoppen, abrutschte und hinabfiel. Vier gegen eins.

Mein Herz hüpfte vor Freude, als mir bewusst wurde, dass meine Strategie aufging. Innerhalb von wenigen Minuten hatte ich die Fel mit meinem Gehopse so durcheinandergebracht, dass sie nicht mehr ruhig in der Mitte saßen und mich beobachteten, sondern mir fauchend nachstellten. Aus dem Augenwinkel sah ich immer wieder dunkle Felle aufblitzen, die an mir vorbei oder über mich hinweg sprangen, während ich, allen Schmerzen zum Trotz, in Windeseile über das Spielfeld jagte. Es fühlte sich wahnsinnig gut und natürlich an, so schnell und leicht zu sein.

Irgendwann waren nur noch die Vermutlich-Rajani und eine weitere Wildkatze übrig, die mich verfolgten. Zwei gegen eins - eine absolut faire Chance.

Das viele Hin-und-Her-Gerenne hatte mich mit der Zeit müde gemacht. Das mussten auch die Fel erkannt haben, denn ich wurde nachlässig und ließ mich zweimal beinahe erwischen. Unter uns toste der Jubel. Wo die Can vorher noch vor Wut und Enttäuschung ganz still gewesen waren, herrschte nun große Aufregung. Ich hörte sie meinen Namen rufen, fühlte, wie sie mich anfeuerten, wie sie sahen, dass ich mir Mühe gab und das spornte mich an, noch mehr zu geben.

Leider waren die Fel nicht so dumm, sich auszupowern, so wie ich es beabsichtigt hatte. Sie hatten sich erneut gesammelt und warteten in der Mitte, bereit zuzuschlagen, wenn sich ihnen die Möglichkeit bot. Zu meinem Leidwesen war ich auch nur ein Mädchen und kein Superheld und so passierte es nach einer gefühlten Ewigkeit, dass ich im Rausch meines Siegeslaufs für einen Moment zu meinem Rudel hinabsah, Janis breites Grinsen erblickte und den dunklen Schatten zu spät sah, der über mir die Sonne verdunkelte. Plötzlich traf mich eine Pranke am Nacken, brachte mich aus dem Gleichgewicht. Ich hangelte mich zum nächsten Stamm und rutschte ab, als mein verletztes Bein kurz einknickte. Nur noch mit den Vorderpfoten hing ich am Stamm, meine Hinterbeine kratzten verzweifelt an der Länge des Pfahls. Über mir stand die schöne Katze. So von Nahem hegte ich keinen Zweifel mehr. Es war Rajani. Es waren ihre dunkelbraunen Augen, die siegessicher zu mir hinabsahen. Ihre Lippen bewegten sich. Es sah aus, als würde sie etwas sagen wollen. Dann hob sie die rechte Pfote an und verpasste mir einen Schlag auf die Wange. Von der Wucht getroffen, verlor ich den Halt und fiel.

»Du warst fantastisch. Habt ihr das gesehen? Wie sie die alle ausgetrickst hat? Beinahe schon wie eine Katze.« Finn schwärmte zum zehnten Mal davon, wie nahe ich dem Sieg gewesen war. Für mich fühlte es sich ganz anders an. Meine linke Schulter hatte beim Sturz etwas abbekommen und der Verband an meinem Bein musste erneuert werden. Ansonsten ging es mir verhältnismäßig gut. Nun, zumindest bis auf meinen Stolz. Ich hatte mir wirklich sehr viel Mühe gegeben, für uns den Sieg zu holen und was war passiert? Ich hatte verloren. Janis hatte mich abgelenkt und nun stand es unentschieden.

»Das war wirklich beeindruckend, Lena. Beim nächsten Mal wirst du sie in diesem Spiel besiegen«, sagte Ben und klopfte mir anerkennend auf die Schulter.

Das gesamte Rudel hatte sich um mich geschart. Sie waren in wilde Diskussionen vertieft, ob das Spiel fair abgelaufen war und sie einen der Fel nicht doch des Falschspielens anklagen konnten, damit wir irgendwie noch den Punkt bekämen. Erbärmlich. Sie sollten einsehen, dass wir dieses Spiel verloren hatten und wir nun nach vorne sehen mussten. Es lagen noch vier weitere Spiele vor uns, laut Viktor.

»Wir sollten uns lieber auf das nächste Spiel konzentrieren, anstatt den vorherigen nachzuhängen«, grummelte ich, als Finn mir erneut ein paar dramatische Szenen des vergangenen Spiels vor Augen führte. »Welches ist als Nächstes an der Reihe?«

»Wir vermuten, der Hürdenlauf. Aber Viktor gestaltet es jedes Jahr etwas anders. Es könnte auch das Klettern drankommen oder die Einzelkämpfe«, überlegte Ben.

Mir rutschte das Herz in die Hose. Das waren alles Disziplinen, in denen ich nicht gut war. Janis und Ben, die die Einteilung der Spieler vornahmen, wussten das mit Sicherheit. Sie waren sicher nicht so dumm, mich aufzurufen und eine erneute Niederlage zu riskieren.

»Gibt es noch andere Spiele, neben diesen?«, fragte ich Ben.

»Soweit ich weiß, nicht. Aber das kann man nie wissen. Sie denken sich jedes Jahr etwas Neues aus. Vielleicht auch diesmal.« Er zuckte mit den Achseln.

Ich kreiste meine Schultern. Meine Muskeln knirschten über dem Schulterblatt. Es tat nicht weh, war nur etwas unangenehm. Doch noch lange kein Grund, nicht weiter an den Spielen teilzunehmen. Ich hatte mir in den Kopf gesetzt, den Can dieses Mal zum Sieg zu verhelfen und das würde ich auch tun. Ganz egal, was dafür nötig war.

Nach einer kurzen Pause ging es mit dem Hürdenlauf-Spiel weiter. Es gab neun Durchgänge, jeweils ein Can gegen ein Fel. Zoltan stand am Start, Viktor am Ziel. Die Mannschaft, die die meisten Einzelläufe gewann, holte den Sieg.

Wie ich erwartet hatte, wurde ich für dieses Spiel nicht eingeteilt. Stattdessen gingen Zofia, Matteo und Finn und noch ein paar andere an den Start. Finn hatte sich zum Glück bei dem vorherigen Spiel nichts Ernstes getan und war mit ein paar Kratzern am Rücken davon gekommen. So konnte er, als einer unserer schnellsten Läufer, starten.

Für die Fel waren viele eingesetzt, die ich nicht kannte. Rajani war nicht unter ihnen, ich sah sie am Rande des Spielfelds stehen und an einem Saftpaket nippen, während sie einem der Jungs dabei zusah, wie dieser sich für den Lauf fertig machte.

Mein Herz setzte für einen Takt aus. Erst jetzt erkannte ich seine düstere Gestalt inmitten der gegnerischen Mannschaft. Der Pantherjunge. Er schien bei diesem Spiel mitzulaufen. Ich lächelte Ben zu, der mir etwas über die letzten Spiele erzählte und beobachtete den Panther verstohlen aus dem Augenwinkel. Da er als Einziger komplett Schwarz trug, war das gar nicht so schwer. Er legte unnötige Kleidung ab und reihte sich dann als Letzter in die Schlange ein, neben Matteo. Gemeinsam bildeten sie das Schlusslicht.

Für einen Moment blieb ich an seinen schlanken, aber muskulösen Oberarmen hängen und wandte mich dann Janis zu, der an meine Seite kam. Seine Finger strichen besitzergreifend über meinen Rücken. Ungesehen von allen anderen zog er mich zu sich heran, so dass ich seinen Geruch deutlich wahrnehmen konnte.

»Na, traurig, dass du nicht mitlaufen darfst?«

»Überhaupt nicht«, gab ich zurück. »Ich würde haushoch verlieren.«

»Deswegen läufst du auch nicht mit«, sagte Janis schief grinsend. Ich stupste ihn in die Seite und lehnte mich dann noch näher an ihn heran. Zofia stand neben einem Fel-Mädchen am Start, das einen ganzen Kopf größer war als sie. Das Wolfsmädchen sah kurz zu uns hinüber und ich bemerkte, wie Janis mich losließ.

»Es geht gleich los, Lena. Ich muss an den Start.«

Ich hoffte auf einen Kuss, wenigstens auf die Wange. Doch den Gefallen tat er mir nicht. Janis strich sich nur seine markante Strähne aus der Stirn und ging dann zu Zofia, die sich offensichtlich sehr darüber freute.

Blöde Kuh!

Ich versuchte, nicht hinzusehen, als sie ihm beinahe ins Gesicht kroch und er daraufhin kurz lachte. Zofias giftiger Blick traf mich beinahe körperlich. Sie wollte Janis wirklich für sich haben! Also tat sie das alles nur, damit ich mich von ihm fernhielt. Da konnte sie lange warten.

Die Can um mich herum wurden plötzlich nervös und bildeten vor mir eine Mauer. Sie wollten den Lauf nicht verpassen und obwohl es Zofia war, der ich die Pocken an den Hals wünschte, mussten wir gewinnen.

Ich drängelte mich an ein paar Gammas vorbei und ging vor ihnen in die Hocke, um mein Bein zu schonen. Ich war mir sicher, dass ich auch aus dieser Position dem Wettkampf folgen konnte.

Zoltan erhielt von Viktor ein Zeichen, dann stellte er sich an die Startlinie, vor der Zofia und das Fel-Mädchen sich gerade verwandelten. Ich staunte immer wieder, wie einfach es bei all den anderen aussah. Ich wusste aus eigener Erfahrung, dass die Wandlung richtig wehtun konnte. Entweder sie waren allesamt an den kurzen Schmerz gewöhnt und konnten ihn ignorieren, oder es wurde mit der Zeit weniger schmerzhaft. Oder - aber das wollte ich nicht glauben - ich war die Einzige, die sich dabei wirklich furchtbar fühlte - immer noch.

Zoltan klatschte in die Hand und der Wettkampf begann. Schneller als ich gucken konnte, rannte Zofia los, gefolgt von dem Fel-Mädchen, das den Start um eine Millisekunde verpasst hatte und versuchte aufzuholen. Obwohl sie gut hundert Meter von der Ziellinie trennten, war der Lauf schnell vorbei. Viktor hob den linken Arm. Das Can-Rudel jubelte. Das konnte nur bedeuten, dass Zofia es geschafft hatte. Verbissen klatschte ich kurz in die Hände.

Die nächsten Läufe gingen sehr schnell vorbei. Wir Can waren lange Zeit in Führung, bis ab der Mitte die Fel richtig aufholten und es am Ende, bevor Matteo und der Pantherjunge dran waren, unentschieden stand. Der neunte und letzte Lauf stand bevor und die Anspannung bei allen Zuschauern war greifbar. Ich wusste, dass wir dieses Spiel gewinnen mussten und ich drückte Matteo alle Daumen, die ich hatte - ja ich drückte sogar jeden einzelnen Finger, in der Hoffnung, dass das etwas bewirkte. Doch ehrlich gesagt glaubte ich nicht daran.

Matteo war eher der kräftigere Typ, weniger schnell und der Pantherjunge daneben viel schmaler und größer. Das schwarze Shirt, das er trug, bot den Blick auf seine weißen Arme, die schlank und sehnig waren. Die langen aber kräftigen Finger schoben die Ärmel des Shirts hoch. Meine Augen suchten Janis, der ebenfalls nur ein Achselshirt trug. Ohne es zu wollen, verglich ich sie miteinander. Janis machte auf den ersten Blick die bessere Figur. Seine Hautfarbe war einige Nuancen dunkler. Die Augen wacher und freundlicher, das Haar von der Sonne gold gefärbt. Er sah gesund und stark aus. Der Fel-Junge dagegen war sehr blass. Der hohe Kontrast der dunklen Kleidung und Haare ließ seine Haut noch kränklicher aussehen. Sein Gesicht war schmal. Auf der Oberlippe und am Kinn zeichneten sich die Schatten eines leichten Bartwuchses ab. Seine Augen lagen tief in den Höhlen, die schwarzen Brauen drückten sie immerfort nach unten. Dennoch hatte ich nicht das Gefühl, dass er grimmig war, so wie oftmals Matteo. Er wirkte viel eher konzentriert, nachdenklich, aufmerksam. Er war durchaus hübsch, aber natürlich nicht so hübsch wie Janis.

Ich musste meine Beobachtungen leider auf später verschieben. Denn Matteo und der Fel hatten die Anweisung bekommen, sich zu verwandeln. Kurz darauf standen am Start ein dunkelgrauer Wolf und ein schwarzer Panther. Sie hatten etwa die gleiche Größe und doch hatte ich das Gefühl, der Panther stelle Matteo komplett in den Schatten. Sein tiefschwarzes Fell raubte einfach allen die Show. Als der Wettlauf begann, schossen beide gleichauf nach vorne und hinterließen eine dichte Staubwolke. Sie übersprangen die Hindernisse, als wären sie Streichhölzer und kamen sehr schnell im Ziel an.

Das gesamte Camp hielt den Atem an, als Viktor in unsere Richtung sah. Wie in Zeitlupe hob er den rechten Arm.

Die Fel hatten gewonnen.Ich fühlte die Enttäuschung der anderen und fragte mich, ob wir überhaupt noch aufholen konnten. Erst auf dem Weg zum nächsten Spiel machte Finn mich darauf aufmerksam, dass ich gelächelt hatte, als Viktor bekanntgegeben hatte, dass der Pantherjunge der Sieger war.

Beim nächsten Spiel kletterten Can und Fel um die Wette einen breiten Baum hinauf. Ich nahm zum Glück daran nicht teil. Wir Can verloren erneut, obwohl es anfangs wirklich gut ausgesehen hatte. Somit war unser anfängliches Glück dahin. Ich wusste, dass wir kaum noch eine Chance hatten zu gewinnen und doch gab es kein Aufgeben.

Nach dem Mittagessen, für das ein paar Wächter belegte Brote und Eier an uns verteilten, sammelten wir uns - ich hatte es geahnt - an der Grube, wo der Test an meinem allerersten Tag stattgefunden hatte. Viktor offenbarte, dass es eine ganze Reihe Kämpfe geben würde, Einer gegen Einen, Zwei gegen Zwei, Drei gegen Drei. Jeder musste daran teilnehmen, so also auch ich. Die Punkte der Einzelkämpfe zählten nicht so viel, wie die der vorherigen Spiele und doch hatten wir Can noch die Möglichkeit zu gewinnen. Janis, Ben und die anderen Betas beratschlagten sich, wen sie in welcher Konstellation in den Kampf schicken würden.

Die Fel hingegen wirkten so siegessicher, dass sie scheinbar wahllos ihre Leute aufstellten. Sie machten sich nicht einmal die Mühe, intern abzusprechen, wer am besten mit wem in einer Gruppe war und Strategien zu überlegen. Sie warteten einfach darauf, dass es losging.

Ich war mir ziemlich sicher, dass ich meinen Kampf verlieren würde, dennoch versuchte ich, mir zu überlegen, welche Chancen ich hatte. Auch wenn ich noch neu war, hatte ich zumindest eines gelernt: Ich war wendig und schwer zu kriegen. Das konnte meine nicht vorhandene Stärke vielleicht aufwiegen.

Zoltan ließ sich von Janis einen Zettel geben, auf dem er die Partner aufgelistet hatte und überreichte sie Viktor. Gemeinsam mit einem dritten Lehrer entschieden sie innerhalb von einer halben Minute, wer gegen wen antreten würde. Mir blieb kaum Zeit, mich auf den Kampf vorzubereiten. Denn leider war ich als Erste an der Reihe. Gemeinsam mit Ben und Janis - zum Glück nicht alleine - wurde ich in den Ring geschickt.

Meine Knie fühlten sich wackelig an, als ich in das dunkle Loch blickte, das zu dem Schacht in der Erde führte, aus dem wir gleich in die Arena treten würden. Es gab drei Stück davon auf jeder Seite der Arena. Janis stand in der Mitte, Ben links von ihm und ich zu seiner Rechten. Auf der anderen Seite entdeckte ich Jeff, einen mir unbekannten Fel und ... Rajani! Sie stand mir genau gegenüber. Für einen Moment verfinsterte sich mein Blick. Ich war mir sicher, dass nur Viktor dahinterstecken konnte. So wie er anfangs gegen uns gewesen war, konnte es nur seine Idee gewesen sein, Rajani und mich gegeneinander antreten zu lassen. Als ob ich als Defender nicht ohnehin schon Probleme hatte, andere Wandler zu attackieren. Nun sollte ich auch noch gegen meine Freundin kämpfen, mit der ich mich erst kurz vor den Spielen versöhnt hatte? Niemals!

Die Wächter lösten gleichzeitig die Gitter von den Schächten und ich konnte im dunklen Erdloch den Ansatz einer Leiter erkennen. Ein letztes Mal atmete ich die frische frühsommerliche Luft ein, bevor ich rückwärts in das Loch stieg. Kaum war ich komplett unter der Erde, schloss der Wächter das Gitter von oben wieder zu. Übelkeit stieg meine Kehle hinauf. Der Schacht war eng genug, um auch ohne Leiter an den Wänden hinabsteigen zu können. Das Erdreich war an vielen Stellen locker und so rieselte eine Menge Dreck mit mir hinab in die dunkle Tiefe. Der Regen hatte den Boden so dermaßen aufgeschwemmt, dass ich am Ende des Schachts in einer Pfütze landete. Doch um meine nassen Füße konnte ich mir in dem Moment keine Gedanken machten. Der Gang verlief nur in eine Richtung, an dessen Ende Helligkeit hinein schien. Das Licht wurde von ein paar dunklen Stäben durchbrochen. Drei Schritte weiter stand ich vor einem weiteren Gitter. Offenbar hatte beim Bau der kleinen Waldarena jemand die Bücher über Gladiatorenkämpfe zur Römerzeit zum Vorbild genommen. Das Gitter war etwa in der Mitte des Ganges angebracht und so konnte ich nur die Arena, nicht aber Rajani oder einen der anderen Fel sehen, die mir gegenüber ebenfalls an den Gittern stehen mussten.

Das Einzige, was ich hörte, waren die aufgeregten Zuschauer, die sich auf einen Kampf der Superlative einstellten. Mit der Besatzung kein Wunder. Janis und Ben waren gute Kämpfer. Jeff und der andere Fel sicher ebenso. Hinzu kam, dass zwei gute Freundinnen gegeneinander antreten mussten. Erneut wurde mir bewusst, dass ich keine Wahl hatte. Wenn ich wollte, dass meine Mannschaft diese Spiele gewann, musste ich gegen sie kämpfen. Denn selbst wenn ich mich weigerte, würde sie das sicher nicht tun. Ich hatte sie bei dem Spiel mit den Pfählen gesehen. Der Ausdruck in ihren Augen, als sie nacheinander alle meine Teammitglieder angegriffen hatte, war mir nicht entgangen. Es machte ihr Spaß.

Irgendwo über mir verhallte ein Ruf: »Verwandelt euch!«

Ich schüttelte jeden Gedanken an Rajani ab und stürzte nach vorne, landete auf meinen Pfoten. Dann fiel das Gitter plötzlich krachend nach vorne. Der Kampf hatte begonnen.

In der Grube entdeckte ich schon die ersten Gestalten. Ich atmete ein letztes Mal tief durch, bevor ich mich auf leisen Sohlen auf dem Weg zum Ausgang machte. Die plötzliche Helligkeit ließ mich blinzeln, kaum dass ich den Kopf hinaus gesteckt hatte. Ich entdeckte Janis weiße Wolfsgestalt. Er und der Leopard Jeff umkreisten sich. Ben, der Bär, war bereits in einem Kampf mit einem Puma verwickelt. Blieb nur noch Rajani. Sie stand sprungbereit an ihrem Eingang und fixierte mich.

Es ist also soweit …

Ich betrat die Arena, den Kopf so erhoben wie möglich. Rajani hatte ungefähr meine Größe, obwohl ihr Körper ein wenig länger war. Wir waren von außen betrachtet also ebenbürtig. Es war fair, sie gegen mich antreten zu lassen, wenn man mal davon absah, dass wir Freundinnen waren.

Rajani verfolgte jeden meiner Schritte, als würde sie ihre Beute fixieren. Ihre braunen Augen waren nun deutlich heller als in Menschengestalt. Ihr schmaler Kopf wurde von den großen Augen dominiert, denen keine meiner Bewegungen entgingen. Ihr schlanker Körper endete in einem breiten langen Schwanz. Die Größe ihrer Pfoten wollte nicht so recht zu dem verhältnismäßig kleinen Kopf passen. Sie war wunderschön und gefährlich zugleich. Sie fauchte. Ich schluckte schwer. Rajani sah nicht so aus, als würde sie mich verschonen.

Die anderen waren schon in wilde Kämpfe verwickelt. Die Rufe der Zuschauer heizten uns an. Aus dem Augenwinkel sah ich Janis gerade Jeffs Nacken packen und schütteln. Danach ließ er ihn los, umkreiste ihn und drohte mit gebleckten Zähnen. Ich erschrak, als ich sein vor Wut verzerrtes Gesicht sah. Janis zeigte Zähne und Zahnfleisch, seine Zunge schnellte immer wieder aus dem Maul, leckte über die weißen, spitzen Reißzähne, als wäre er ein tollwütiges Monstrum. Seine Nacken- und Schwanzhaare standen in die Höhe und er fuhr seine Krallen aus, um Jeff zu drohen, der sich am Rand abgestützt hatte und prankenschwingend auf ihn zusprang. Ich wusste, dass es der falsche Zeitpunkt war, ihn zu beobachten und versuchte, mich wieder auf Rajani zu konzentrieren. Doch sie war längst nicht mehr dort, wo sie eben noch gehockt hatte. Sie war verschwunden.

Ich drehte schnell den Kopf in alle Richtungen. Hinter mir hörte ich ein kehliges Gurgeln. Hastig drehte ich den Kopf. Pfeilschnell sprang Rajani ab und erwischte mich am Schwanz. Ich kniff ihn quietschend ein und wich zur Grubenwand zurück. Janis horchte bei meinem Schrecklaut auf und wurde in dem Moment von Jeff attackiert.

Ich knurrte in mich hinein und zwang mich, jedes weitere Geräusch zu unterdrücken. Wir mussten gewinnen und das würden wir nur, wenn jeder von uns hochkonzentriert blieb. Um Ben machte ich mir da keine Sorgen. Doch Janis und ich waren vom jeweils anderen so abgelenkt, dass es schwer war, nicht zur Seite zu sehen. Vielleicht war die Wahl der Partner für diesen Kampf doch keine so gute Idee gewesen.

Rajani umrundete mich, hielt mich in einem Radius von zwei Metern an meinem Fleck. Ich versuchte, mich ebenfalls groß zu machen, bleckte die Zähne und richtete die Nackenhaare auf. Doch sie schien wenig beeindruckt zu sein. Sie vollführte ein paar Scheinattacken und jagte mich von einer Ecke in die nächste. Ich war die gesamte Zeit damit beschäftigt, sie auf Distanz zu halten, indem ich nach ihr schnappte und das tiefste, bedrohlichste Knurren nach draußen brachte, zu dem ich fähig war. Der Kreis um mich herum wurde immer enger. Rajanis Schwanz peitschte von einer Seite zur anderen. Sie griff an und ich schnappte nach ihr.

Wir fetzten uns kurz in der Luft, dann landeten wir beide wieder auf unseren Pfoten. Ich bemerkte, dass sie mich getroffen hatte. An meiner Brust schmerzte es. Wir waren schon jetzt viel weiter gegangen, als ich befürchtet hatte.

Die Mobber in meiner alten Schule waren nichts gegen dieses Wandler-Camp, in dem ich sogar gegen meine Freundin antreten musste. Ich wollte das nicht. Ich konnte das nicht.

Ich wich vor ihrem nächsten Angriff zurück, flehte sie mit meinem Blick an aufzuhören, doch sie kam immer näher. Ich erkannte, dass sie sich verändert hatte. Ihr Gesicht war zu einer grässlichen Fratze verzogen. In ihren Augen sah ich blanke Tötungslust. Das Braun hatte sich weiß verfärbt, als wäre sie erblindet. Jegliche Ähnlichkeit zu dem Mädchen, mit dem ich das Zimmer teilte, war verschwunden. Sie war in Raserei und ich konnte sie nicht erreichen.

Ich wich ihren nächsten Angriffen aus und bewegte mich rückwärts auf Janis zu, der gerade Jeff in eine Ecke gedrängt hatte. Ich wusste, dass ich Rajani niemals ohne Hilfe würde besiegen können. Selbst wenn ich wollte. Ich war einfach nicht dafür gemacht zu kämpfen. Es schmerzte mich, sie so zu sehen. Wütend. Rasend. Mordlustig.

Ich hörte erst auf, rückwärts zu gehen, als Janis neben mir erschien. Sofort ließ er von Jeff ab und erkannte das Problem. Er bedeutete mir, hinter ihm zu bleiben. Mit stolzer Brust stellte er sich Rajani in den

Weg, doch diese hatte nur Augen für mich. Wie im Wahn sprang sie über Janis hinweg. Dieser versuchte sie aufzuhalten, doch Jeff fing ihn ab, fegte ihn mit einem Prankenhieb an die Grubenwand, wo er benommen zu Boden ging. Dann erschien Ben vor mir, stellte sich auf die Hinterbeine und brüllte, um die kleine Wildkatze aufzuhalten. Doch Rajani umrundete ihn einfach, sprang an der Wand ab und auf mich zu. Ich wusste, dass ich in der Falle saß. Ich hockte mich auf den Boden, hinter mir die Wand. Rajani sprang auf mich zu, die Krallen weit ausgefahren, das Maul vor Blutgier weit aufgerissen.

Ich schloss im letzten Moment die Augen, wartete darauf, dass sie mich in Fetzen reißen und damit schnell alles beenden würde. Doch es geschah nicht. Stattdessen bebte die Erde. Ein lautes Brüllen erklang. Ich riss die Augen auf.

Viktor war in die Grube gesprungen. Der riesenhafte Tiger brüllte die kleine Nebelparderdame an, die wehrhaft zurückbrüllte. Sie attackierte ihn, doch war sie angesichts seiner Größe und Kraft machtlos. Viktor fing sie im Flug ab, drehte sie herum und drückte sie auf den Boden. Er hielt sie dort, während sie sich mit Zähnen und Klauen wehrte.

Mit Tränen in den Augen sah ich dabei zu, wie sie versuchte zu entkommen. Sie litt. Ihr Fauchen und Kratzen war verzweifelt, dabei sah sie immer wieder in meine Richtung, als würde sie mich bitten, ihr zu helfen. Der Wutschleier lag noch immer auf ihren Augen. Ich war hin- und hergerissen. Sollte ich ihr helfen, auf die Gefahr hin, dass sie mich danach erneut angreifen würde? Oder war es besser zu warten und Viktor zu vertrauen?

Janis nahm mir die Entscheidung ab. Er versperrte mir den Weg, als ich mich in Bewegung setzte. Er schüttelte kurz den flauschigen weißen Kopf. Seine blauen Augen sprühten vor Zuneigung. Ich verstand, was er mir sagen wollte. Es war besser für mich abzuwarten. Viktor wusste, was er tat. Rajani würde nichts passieren und sie würde schon bald wieder die Alte sein. Dennoch war da etwas in mir, das danach drängte, ihr helfen zu müssen.

Ihre Versuche, aus Viktors Griff auszubrechen, wurden weniger, ihre Schreie ebbten ab und nach ein paar Minuten war sie so erschöpft, dass sie bewusstlos wurde und sich sofort zurückverwandelte. Sie schien sich völlig verausgabt zu haben.

Die Spiele gingen weiter. Doch ohne mich. Ich suchte Rajanis Nähe, die von zwei Wächtern und Viktor in seine Hütte getragen wurde. Zoltan beaufsichtigte währenddessen die anderen Spiele. Ich hatte keine Zeit, mich bei Janis für seinen Hilfeversuch in der Grube zu bedanken und es war mir auch ganz egal, was der Rest des Rudels über mich dachte. Rajani war meine Freundin und ich musste unbedingt wissen, wie es ihr ging. Ich verließ meine Gruppe und drängelte mich wenig mädchenhaft an den paar Fel vorbei, die vor Viktors Hütte standen und darauf warteten, ein Lebenszeichen von Rajani zu bekommen.

»Hey, pass auf!«, rief ein großer Junge, dem ich aus Versehen auf den Fuß getreten war. Seine zwei Freunde kreisten mich sofort ein. Ich erkannte sie. Es waren die gleichen Drei, die mich kurz nach meiner Ankunft schon mal bedrängt hatten: Jeff und seine zwei Mitläufer.

»Ach guck mal einer an, wen haben wir denn da?«, säuselte Jeff und baute sich vor mir auf. »Das berühmte Fuchsmädchen.«

Ich spürte den Schweißfilm in meinem Nacken. Das hatte mir gerade noch gefehlt. Streit war fehl am Platz, ich wollte einzig und allein wissen, wie es Rajani ging.

»Verschwinde«, sagte Jeff, die Augen zu Schlitzen verengt. »Oder du landest auch gleich da drin.«

»Ich will keinen Streit. Rajani ist meine Freundin.«

»Schwachsinn!«, knurrte Jeff, hob die Hand und ließ langsam seine Fingernägel wachsen. Die Innenflächen seiner Hand nahmen eine gelb-braun gesprenkelte Farbe an. »Du hältst dich von ihr fern. Schließlich bist du der Grund für ihren Zustand.«

Meine Stirn lag in Falten.

»Ich? Wieso, was habe ich gemacht?«

Jeff schnaubte und stieß mich dann einfach beiseite. Der rotgesichtige Junge und der lange, dürre Junge blockierten die Tür zu Viktors Hütte, während er sich entspannt daneben an die Holzverkleidung lehnte und immer wieder die spitzen Krallen ausfahren ließ, als würde er mit einem Messer spielen.

»Was ist mir ihr?«, versuchte ich es erneut. Mir wurde schwummerig, bei dem Gedanken daran, ich könnte der Grund für Rajanis seltsamen Zustand sein.

Es sah nicht so aus, als würde ich aus ihnen viel herauskriegen. Aber verdrängen ließ ich mich trotzdem nicht. Demonstrativ blieb ich gut zwei Meter von der

Tür entfernt stehen, die Hände vor dem Körper verschränkt. Jeff sah mich aus blitzenden Augen an. Offenbar gefiel es ihm gar nicht, dass ich nicht auf ihn hörte.

»Ich sage es noch einmal, Fuchsmädchen. Verschwinde hier.« Er unterstützte seine Drohung mit einem lautlosen Fauchen. Sein Gesicht wandelte sich für eine Sekunde zu dem des Leoparden. Er zeigte die Zähne.

Ich blieb einfach stehen, in der Hoffnung, dass ich es lange genug aushalten würde, bis Viktor uns endlich sagte, was mit ihr los ist.

»Du willst also nicht hören?« Jeff stieß sich von der Wand ab. Sein kompletter rechter Arm wurde zu dem des Leoparden. Die langen, scharfkantigen Krallen blitzten im Sonnenlicht, das durch das dichte Blätterdach kleine Flecken auf den Boden malte.

»Ich sage es ein letztes Mal, verschwinde. Oder ich entstelle dein Gesicht!«

»Lass gut sein, Jeff.« Eine ausgesprochen tiefe Stimme näherte sich von hinten.

»Halt dich da raus!«, blaffte Jeff zurück.

Ich drehte wie in Trance den Kopf zur Seite. Da war er wieder, der dunkle Pantherjunge. Mit lautlosen Schritten lief er an mir vorbei, ohne mich eines Blickes zu würdigen.

»Hör auf sie zu verteidigen. *Sie* ist der Grund dafür, dass Rani ...« Jeffs Gesicht hatte eine Wandlung erfahren. Von dem harten Kerl war plötzlich nichts mehr übrig. Seine hohen Wangenknochen waren rötlich verfärbt. Wut und Sorge mischten sich in den Falten um seine Augen.

»Ich weiß.« Der Pantherjunge sah kurz zu mir zurück. Unsere Blicke trafen sich, mein Herz setzte einen Takt aus. Dann sah er wieder zu Jeff. »Sie wird keinen Ärger machen.«

»Sie ist keine von uns«, fuhr Jeff fort. Er wurde immer ungehaltener. »Sie soll verschwinden, oder-«

Plötzlich ging die Tür zur Hütte auf. Viktor steckte den Kopf heraus.

»Na endlich!« Jeff stieß seine Freunde beiseite und wollte sich als erster durch die Tür drängen, doch Viktor hielt ihn zurück.

»Ihr nicht. Lena.« Viktor sah mich erwartungsvoll an. Ein Beben ging durch meinen Körper, als ich mich langsam in Bewegung setzte. Ich sah nicht zurück beim Betreten der düsteren Hütte, in der wie immer ein seltsamer Geruch hing.

Rajani lag auf der Liege, auf der ich ebenfalls schon einmal gelegen hatte. Ihre Brust hob und senkte sich regelmäßig. Doch ihre Augen waren geschlossen. Sie schien noch immer bewusstlos zu sein.

Viktor hielt mich davon ab, an ihr Bett zu treten und ihre Hand zu nehmen.

»Dafür ist später noch genug Zeit«, sagte er und versperrte den Weg.

»Aber ich dachte ... sie will mich sehen?«

»Sie ist noch nicht wieder bei Kräften. Ich habe dich hereingerufen, um mit dir zu reden.«

Voller Erwartung sah ich zu ihm auf.

»Du musst wissen, Rajani ist nicht krank. Es wird ihr schon in wenigen Stunden wieder bessergehen. Kein Grund zur Sorge.«

»Wieso ist sie hier?« Ich machte mir wirklich Sorgen.

»Damit meine Männer sie im Auge behalten und notfalls aufhalten können, sollte sie früher wieder bei Sinnen sein.«

»Aufhalten? Wieso? Sie ist doch nicht wirklich gefährlich. Es war doch nur ein Spiel.«

Viktor presste die Lippen aufeinander.

»Manchmal weiß man nicht, was Spiel und was Ernst ist. Sie wird es dir beizeiten erklären. Doch erst später. Es wartet noch ein letztes Spiel auf euch. Wenn ihr Can gewinnen wollt, musst du bei ihnen sein.«

»Was interessieren mich die Spiele? Rajani geht es schlecht, ich sollte bei ihr sein, wenn sie aufwacht.«

»Es geht ihr gut. Glaub mir, es war nicht das erste Mal, dass das passiert ist.« Viktor drängte mich langsam zurück zur Tür.

»Was ist denn los mit ihr?« Es machte mich rasend, wie er mir immer wieder auswich. Warum sagte er nicht einfach einmal ohne Nachfragen die Wahrheit? Das würde uns allen deutlich mehr Ärger ersparen.

»Dafür ist später noch Zeit und jetzt raus mit dir!«

Leise vor mich hin fluchend verließ ich die Hütte. Ich schwor mir eines: Sollte Viktor mir noch ein einziges Mal ausweichen, würde ich, allen Defender-Eigenschaften zum Trotz, die Krallen ausfahren und sie ihm so tief in seinen muskelbepackten Hals rammen, dass er vor Schmerzen schreien musste.

Die Einzelkämpfe gingen weiter. Runde um Runde gewannen mal die Can, mal die Fel. Ich stand die gesamte Zeit am Rande der Grube und sah hinab. Doch ich war nicht wirklich anwesend. Ich zermarterte mir den Kopf darüber, was ich falsch gemacht hatte, dass Rajani so ausgetickt war. Jeffs Meinung nach war ich der Grund dafür, dass es ihr nicht gut ging. Doch was meinte er genau damit? War ich zu grob mit ihr gewesen? Hatte ich sie irgendwie verletzt? In meiner Erinnerung war sie es gewesen, die mich durch die Arena gejagt hatte, nicht umgekehrt. Wieso also sollte ich schuld sein?

Am Ende der Grubenkämpfe stand es unentschieden zwischen den Can und den Fel. Viktor und Zoltan hatten die Punkte aller Spiele und Kämpfe zusammengetragen und uns daraufhin das unheilvolle Ergebnis präsentiert. Ich hatte ihnen nur mit einem Ohr zugehört. Mit dem anderen lauschte ich den Gesprächen meiner Freunde. Janis, Ben und Matteo hatten die Köpfe zusammengesteckt. Vor lauter Aufregung über dieses tolle Ergebnis konnten sie sich beinahe nicht halten. Ich hörte heraus, dass ihre Platzierung bei den Testspielen nie besser ausgesehen hatte. Das machte mich schon ein wenig stolz. Ich fühlte, dass wir dem Sieg gegen die Fel nahe waren. Wir mussten nur noch ein einziges Spiel gewinnen.

Das letzte Spiel begann direkt nach den Einzelkämpfen. Viktor versammelte das gesamte Camp auf dem Platz vor seiner Hütte, in der Nähe des Lagerfeuers. Die Can und Fel standen jeweils in ihren Gruppen, zwischen ihnen eine große Freifläche von gut zehn Metern. Viktor schritt in diesem Raum auf und ab, wie der General, der zu seinen Truppen sprach. Der Vergleich war auch gar nicht so abwegig. Immerhin ließ er uns, um uns zu stählen und unsere Kräfte zu testen, gegeneinander antreten.

»Für das letzte Spiel haben wir uns dieses Jahr etwas ganz Besonderes einfallen lassen«, kündigte er an, dabei zog sich sein schmaler Mund vor lauter Freude in die Höhe. Ein ungewöhnliches Bild.

»Bei diesem Spiel handelt es sich weder um ein Kampfspiel, noch ein Kräftemessen. Vielmehr müsst ihr eure Sinne benutzen.« Er machte eine ausladende Geste. »Das Spiel findet in einem großen Areal nördlich des Camps statt. Die Mannschaften treten geschlossen an, um den Einen der Gegenseite zu finden. Dieser hat etwas bei sich, das ihr erbeuten und zu mir zurückbringen müsst. Zoltan stoppt die Zeit. Das Team, das diese Aufgabe schneller bewältigt, gewinnt die Testspiele.«

Um mich herum machte sich lautes Gemurmel breit.

»Heißt das, wir müssen nur eine einzige Fel im Wald finden?«, fragte ich an Finn gewandt, der vor lauter Aufregung ganz hibbelig war.

»Genau, es ist eine Fährtensuche. So etwas haben wir schon lange nicht mehr gemacht. Das wird super!«, schwärmte er.

Ich war froh darüber zu hören, dass dieses letzte Spiel offenbar wirklich nichts mit Kämpfen zu tun hatte. So wie ich es verstanden hatte, ging es viel eher darum, die Nase zu benutzen, und da waren wir Can natürlich im Vorteil. Keine schlechte Ausgangssituation.

» ... die Fel haben einen Fährtenleger gewählt. Can, macht euch bereit. Das Spiel beginnt in ein paar Minuten.«

Wir sahen Viktor nach, wie er mit einem sehr zierlichen Mädchen zwischen den Bäumen verschwand. Zoltan verpackte ein Tuch, das sie eben an ihrem Hals abgerieben hatte, in einer Plastikfolie, um den Geruch zu bewahren. Ich musste schmunzeln, bei dem Gedanken daran, gleich wie ein Spürhund der Polizei durch den Wald zu stromern und einer Geruchsspur zu folgen. Endlich mal ein Spiel, das unsere tierischen Sinne einsetzte.

Viktor kam nach ein paar Minuten zurück zu uns, gab uns den ersten Hinweis, wo wir mit der Suche beginnen sollten, und schon startete das letzte Spiel.

Das gesamte Rudel strömte nach seinem Signal in den Wald. Wie eine Horde Gnus, trampelten wir den Erdboden nieder und donnerten in alle möglichen Richtungen davon. Ich hielt mich an Finn und Matteo, die erst starteten, als der Großteil schon davongerannt war. Matteo hatte die Nase am Boden, Finn in der Luft. Sie versuchten, die Fährte aufzunehmen, an der sie vor dem Start kurz geschnüffelt hatten. Ich hatte ebenfalls an dem Tuch geschnuppert, doch waren meine Sinne noch immer wechselhaft. Mal funktionierten sie so gut, dass ich schier überwältigt wurde, dann wieder waren sie die eines Menschen. Zu meinem Leidwesen konnte ich mich schon nach mehreren Metern nicht mehr an den Geruch des Fel-Mädchens erinnern. Damit war das Spiel für mich schon fast gelaufen. Finn und Matteo hingegen waren da deutlich besser. Sie liefen den Anfang des Waldstücks solange ab, bis sie den Ansatz einer Spur entdeckt hatten, dann erst preschten sie los.

Ich folgte ihnen unauffällig und versuchte, mich ab und an doch noch mal an einem Schnüffeln. Fehlanzeige. Meine Nase war offenbar nicht in Stimmung für ein Suchspiel.

Das Suchen ging eine Ewigkeit. Irgendwann vernahmen wir das laute Brüllen von Viktor, der uns zurück zum Camp rief.

Ich war enttäuscht. Hatte ich mir doch vorgenommen, beim letzten Spiel mein Bestes zu geben.

Als wir im Camp eintrafen, stand die Zeit bereits

fest. Zofia hatte das junge Fel-Mädchen entdeckt und ihr das Tuch abgenommen, dass sie um den Hals getragen hatte. Sie hielt es triumphal in die Höhe und wurde bejubelt.

In meinem Inneren zog sich etwas zusammen, als ich Janis an ihrer Seite sah. Er lächelte ihr anerkennend zu, während sie damit prahlte, wie einfach es gewesen war, das Spiel zu gewinnen. Die Bisswunden an meinem Bein meldeten sich zu Wort und erinnerten mich daran, dass ich es immer noch nicht geschafft hatte, mich für das Rudel unentbehrlich zu machen. Ich wusste, dass ich nur eine Chance hatte, mit Janis zusammen zu sein. Ich musste allen - und vor allem Zofia - beweisen, dass ich ein wertvolles Mitglied des Rudels war.

Kurze Zeit später sah ich meine Chance.

Viktor trat an uns heran, fragte, wer von uns die Fährte für die Fel legen wolle und ich meldete mich, noch bevor irgendjemand Anderes die Möglichkeit dazu hatte.

»Ich mache das!« Mit durchgedrückten Schultern trat ich aus der Reihe heraus.

»Ich bin dagegen«, sagte Zofia sogleich und stellte sich neben mich, vor Viktor. »Ich habe mich nicht beeilt, damit uns jetzt diese ... *neue Rekrutin* den Sieg kaputt macht. Ich werde die Fährte legen.«

Viktor sah zum Kopf des Rudels. Janis schien offenbar im Zwiespalt. Er sah so aus, als würde er nicht gerne diese Entscheidung treffen. Mit bedachten Schritten kam er zu uns. Er sah zuerst Zofia an und dann mich. Ich hoffte, dass er sich für mich entscheiden würde. Doch er seufzte tief, schenkte mir ein bemitleidenswertes Lächeln.

»Lena, ich glaube, es wäre besser, wenn Zofia-«

»Wir könnten doch alle abstimmen!«, schlug ich vor, noch bevor er ausreden konnte. »Lass das Rudel entscheiden, wer von uns beiden antreten soll.«

Die anderen Can wurden unruhig. Janis verengte die Augen zu Schlitzen. Er sah nicht froh über meinen Einfall aus. Doch der Rest des Rudels war bereits dabei, sich über meinen Einfall zu unterhalten.

Es war vielleicht eine blöde Idee. Doch ich sah darin meine einzige Möglichkeit, antreten zu dürfen. Janis würde Zofia wählen und ich konnte es ihm nicht mal wirklich übel nehmen. Immerhin war sie die bessere Wandlerin. Aber auch eine brutale und rücksichtslose Kuh und das sahen viele andere des Rudels genauso.

Die Can redeten plötzlich wild durcheinander. Immer wieder hörte ich mal meinen, mal Zofias Namen. Sie schienen ernsthaft zu diskutieren. Eine Welle des Glücks erfasste mich, als ich sah, dass Finn mich vehement gegen die Zofia-Anhänger verteidigte. Soweit ich das überblicken konnte, waren alle Gammas auf meiner Seite, bis auf die, die vor lauter Angst vor Zofias Zorn anderer Meinung waren.

Mit jeder Minute, die verstrich, wich Janis immer freundliches Gesicht einem Ausdruck von Wut.

»Das reicht!«, rief er wie aus heiterem Himmel. So

hatte ich ihn noch nie gesehen. Er zügelte sich, doch seine Anspannung war noch zu sehen. Mit etwas gedämpfterer Stimme fuhr er fort: »Wir haben nicht ewig Zeit. Also stimmen wir ab. Wer ist für Zofia?«

Ein paar wenige hoben die Hand.

»Wer ist für Lena?« Die deutliche Mehrheit meldete sich. Mir wurde ganz warm ums Herz. Ich war anscheinend doch recht beliebt.

»Also dann, Lena, du legst die Fährte.« Janis nickte mir zu. Ich unterließ es, breit zu grinsen. Zofia sah auch so schon ziemlich finster drein.

»Dann los.« Viktor nahm mich gleich mit sich. Auf dem Weg in die Wälder fasste ich Mut. Ich hatte den schwierigsten Teil bereits geschafft. Jetzt musste ich nur noch lange genug vor den Fel fliehen und der Sieg würde unser sein.

Meine Lungen brannten. *Schneller, Lena, noch schneller.* Ich schlug einen Haken hinter einem Gebüsch, wirbelte Erde auf und verteilte sie rasch auf einer Stelle, dann rannte ich in die entgegengesetzte Richtung weiter. Im Zickzack flitzte ich durch den Wald, hinterließ mal an einem Baum, mal an einem Strauch meine Duftspuren, indem ich meinen Hals daran rieb. Dann drehte ich mich in eine vollkommen andere Richtung und rannte weiter.

Ich hatte jegliches Zeitgefühl verloren und wusste nicht, wie lange ich schon unterwegs war, bis ich das erste Mal bemerkte, dass mir die Fel auf den Fersen waren. In weiter Ferne hörte ich sie durch den Wald jagen.

Ich hob den Kopf aus dem Gebüsch, an dessen Boden ich mich soeben gewälzt hatte und spähte in die Ferne. Nichts zu sehen. Hatte ich mir das nur eingebildet? Unmöglich.

Ich tauchte wieder ab und schlich mit Samtpfoten von einem Gebüsch zum anderen, solange bis ich hinter einem Baumstumpf in Deckung ging und ungesehen die Gegend mit den Augen untersuchen konnte.

Mein Herz ging schneller, als ich weit entfernt ein paar Gestalten ausmachen konnte. Zwischen den Stämmen schlichen große und kleine Raubkatzen. Die Fel waren mir wirklich auf den Fersen.

In meiner Not lief ich sofort weiter. Ich hatte keine Zeit, noch weitere falsche Fährten zu legen. Mir blieb nur die Flucht und die Hoffnung, dass ich gut in der Zeit lag. Denn offen gestanden glaubte ich nicht daran, dass ich ihnen noch lange davonlaufen konnte; jetzt, wo ich sie bereits gesehen hatte. Sollte ich vielleicht einfach abwarten, bis sie mich fanden und hoffen, dass es reichte?

Nein. Das wäre zu einfach!

Mein Wettkampfeifer und mein Stolz verboten mir, auch nur entfernt daran zu denken. Ich alleine hatte es in der Hand, ob die Can oder die Fel das Spiel gewannen und so gerne ich Rajani auch hatte, ich wollte, dass mein Rudel dieses Spiel gewann. Egal was dafür nötig war.

Mein unerschütterlicher Wille zwang mich dazu, noch schneller zu laufen und noch gewagtere Haken zu schlagen. Ich jagte beinahe blind durch den Wald, suchte stets den Schutz von Büschen und toten Stämmen, damit sie mich nicht mit ihren scharfen Augen erspähen konnten. Katzen hatten die wohl besten Augen und Ohren der Welt. Doch mit der Nase von uns Hundeartigen konnten sie es nicht aufnehmen. Diesen Vorteil wusste ich zu nutzen.

Ich lief eine ganze Weile in schnellem Tempo, ehe ich mir erneut einen Unterschlupf suchte und mit schnellem Atem und gespitzten Ohren die Gegend absuchte. Nichts. Die Fel schienen meine Fährte verloren zu haben.

Beflügelt von dem Wissen sie abgeschüttelt zu haben, trat ich aus dem Gebüsch heraus. Kaum richtete ich die Augen nach vorne, schob sich eine dunkle Gestalt in mein Blickfeld: riesig und bedrohlich. Ein Panther.

Ich duckte mich sofort ab, mit gesträubten Nackenhaaren. *Mist! Jetzt ist es aus. Er hat mich entdeckt!*

In Abwehrhaltung duckte ich mich. Das Tuch, das um meinen Hals lag, versteckte ich in meinem Fellkragen. Ich musste Zeit schinden. Wenn es sein musste, mit einem Kampf. Ich knurrte den Panther an, zeigte meine Zähne und plusterte mich auf.

Doch er schien nicht die Absicht zu haben, mich fangen zu wollen. Aus giftgrünen Augen sah er unbewegt zu mir hinab. Seine rosa Zunge fuhr in rhythmischen Bewegungen aus seinem Maul heraus und wieder herein. Offenbar war er außer Atem. Sein dunkles Fell schimmerte bläulich. Ich sah gespannt auf seine großen Pfoten, wartete darauf, dass er sich auf mich stürzen würde.

Stattdessen bewegte er nur leicht den Kopf. Es war eine Geste, die mir vertraut war.

Sie bedeutete: »Los. Verschwinde schon.«

Ich war schneller weg, als er gucken konnte und führte meinen Zickzack-Kurs fort.

Die restliche Zeit der Jagd war ich in Gedanken bei ihm und fragte mich nicht zum ersten Mal, wieso er mir ständig zu Hilfe kam. Wir waren uns fremd, noch dazu waren unsere Gruppen verfeindet. Wieso also half er mir?

Jeff war es schließlich, der mich bald darauf fand, mir das Tuch abnahm und damit auf geradem Weg zurück zum Camp eilte. Jedoch ohne Erfolg. Die Fel waren mehr als drei Minuten zu spät. Die Zeit war abgelaufen. Die Can hatten gewonnen.

Ich war schon nach wenigen Minuten taub. Die Jubelrufe und Schreie dicht an meinem Ohr, als mich das Rudel zu meiner guten Fährtenlegung beglückwünschte, waren so laut, dass mir schwindelig wurde. Dennoch blieb ich bei ihnen. Die gesamte Zeit über grinste ich so breit, dass meine Gesichtsmuskeln schon bald ihren Dienst quittierten und mich mit Krämpfen straften. Wie auf Wolken schwebend, ließ ich mich treiben, stimmte immer wieder in die Jubelrufe und das Geheule meines Rudels ein. Ich hatte es geschafft - für mich, für uns alle.

Wir hatten gewonnen!

Mit meiner Hilfe hatten wir gewonnen!

Matteo und Ben trugen mich auf Schultern, während Finn grölend um mich herumtanzte. Alle waren vollkommen ausgelassen und niemand vermisste die Fel, die beim Abendessen nicht am Lagerfeuer erschienen waren. Seit dem letzten Spiel waren sie spurlos verschwunden. Ausnahmslos jeder von ihnen und ich wusste auch wieso. Sie waren schlechte Verlierer und einmal mehr stimmte ich in die Jubelrufe meines Rudels mit ein.

Irgendwann war jede Lautäußerung eine Qual für mich. Meine Ohren dröhnten, meine Stimmbänder waren heiser geschrien. Ich war erschöpft und ließ mich auf einen der Baumstämme sinken, die rund um das Lagerfeuer herumstanden. Immer noch grinsend, beobachtete ich die anderen, die es nicht lassen konnten, einzelne Szenen des Tages hervorzukramen und nachzustellen. Zu meinem Leidwesen war auch jene in der Grube dabei, die Rajani und mich zeigte. Ein junger Gamma ahmte sehr überzeugend meine rasende Fel-Freundin nach, wie sie sich, allen Hindernissen zum Trotz, auf mich stürzte und nur von Viktor aufgehalten werden konnte.

Viktor, Zoltan und ein paar andere Lehrer saßen übrigens auch mit am Feuer und beglückwünschten uns für unseren mehr als verdienten Sieg.

Die Rajani-Imitation wurde gerade von dem Viktor-Imitat zu Boden gerissen und jammerte künstlich, als es mir zu viel wurde.

Ich stand auf und ging, ohne mich zu verabschieden.

Meiner Freundin ging es nicht gut und ich Idiotin war nicht sofort nach den Spielen zu ihr geeilt.

Erst nach mehrmaligem Herumfragen fand ich heraus, dass sich Rajani nicht mehr in Viktors Hütte, also im Krankenflügel, befand. Sie war noch vor unserer Siegesfeier entlassen worden. Ich spürte, dass sie es sich in unserer Hütte bequem gemacht hatte und fand sie tatsächlich dort vor. Doch nicht im Bett, sondern bei ihrer Lieblingsbeschäftigung - am Fenster sitzen und hinausstarren.

»Hey.« Ich trat ein und schloss die Tür hinter mir. Dabei versuchte ich, nicht allzu viel Lärm zu machen.

»Hey«, antwortete sie. Ihre Stimme klang sonderbar. Anders. Irgendetwas stimmte nicht.

Das kleine Licht der Öllampe flackerte, als ich das Lämpchen beiseite stellte, um mich neben Rajani auf den Tisch zu setzen. Bequem war es nicht gerade, doch ich wusste, dass sie es liebte, dort zu sitzen, und so tat ich, als würde es mir nichts ausmachen.

Rajani hielt den Blick starr aus dem Fenster gerichtet, auch als ich sie vorsichtig an der Schulter berührte, in der Hoffnung sie würde mich ansehen.

»Wie geht es dir?«, erkundigte ich mich.

»Besser.«

»Stopp mich, falls ich zu viele Fragen stelle, aber-«

»Lena, ich ... Würde es dir etwas ausmachen, mich allein zu lassen?«

Ihre Abweisung schmerzte mich.

»Ist es meine Schuld, dass du so ...«

»Nein.« Sie seufzte hörbar.

»Ich bin gleich wieder weg. Versprochen. Ich wollte nur kurz nach dir sehen. Wissen, ob es dir besser geht oder ob du noch irgendetwas brauchst.«

»Glückwunsch zum Sieg.« Sie versuchte sich an einem Lächeln.

»Danke.« Ich konnte mich nicht darüber freuen. Jetzt nicht mehr. Rajani hatte sich vollkommen verändert. Seit dem Moment in der Grube war sie nicht mehr dieselbe und ich hatte immer mehr das Gefühl, dass es an mir lag.

»Raja, was ist los?«, fragte ich vorsichtig.

Doch Rajani antwortete nicht. Auf ihrer Stirn erschienen Falten. Ihr ganzer Körper spannte sich an.

»Hast du Schmerzen? Soll ich Viktor Bescheid sagen? Dann untersucht er dich nochmal.«

»Viktor kann mir nicht helfen, obwohl er einer der wenigen ist, die es verstehen.« Rajanis Stimme klang so schmerzvoll, so resignierend; ich war kurz davor sie stürmisch zu umarmen.

»Was verstehen?«

»Was ich bin.«

Ich erschrak, als Rajani den Kopf in meine Richtung drehte. Ihre Augen waren weiß. Leer. Blind. Tot. Ein undurchsichtiger Schleier lag auf ihnen. Sie sah mich direkt an und doch war ich mir nicht mal sicher, ob sie überhaupt dazu fähig war, etwas zu sehen.

»Raja, was ist das?«, flüsterte ich, die Hand vor dem Mund.

»Meine Strafe.« Rajani senkte den Blick. Der weiße Schleier auf ihren Augen verschwand nicht. Er blieb haften und verbarg das dunkle Braun unter einer Nebelschicht.

»Was für eine Strafe?

»Ich habe mich überschätzt. Schon wieder.« Sie sah traurig aus.

»Kannst du etwas sehen?«

»Wenig«, offenbarte Rajani.

»Ich ... weiß nicht, was ich dazu sagen soll, Raja.«

»Schon gut. Es ist nicht deine Schuld. Ich dachte ... ich hätte das hinter mir.«

»Was? Was hast du hinter dir?«

»Ich habe die Kontrolle verloren. Ich war so wild

darauf zu gewinnen, dass ich es vergessen habe und dann ... habe ich nichts mehr gesehen.« Rajani ballte die Hände zu Fäusten.

»Du hast ziemlich böse ausgesehen. Irgendwie auch nicht wie du«, erinnerte ich mich. »Was ist genau passiert?«

»Keine Ahnung. Ich hab mir wohl zu viel vorgenommen. Da kann das schon mal passieren.«

»Das habe ich noch bei keinem anderen gesehen.«

»Wie auch. Die meisten Wandler sind anders. Nicht so ... schnell rasend und sie können auch mehr die Kontrolle halten als ich.«

»Bist du ein ... *Attacker*?«, fragte ich vorsichtig.

»Woher weißt du davon?« Rajani sah mich aus großen leeren Augen an.

»Das war geraten, um ehrlich zu sein. Viktor hat mir bei meinem letzten Training erklärt, dass es Defender gibt und da ... dachte ich, es gibt bestimmt auch Attacker.« Ich zuckte mit den Schultern.

»Du bist wirklich klüger, als die meisten anderen im Camp.« Rajani lächelte. Auf ihren Wangen erschienen kleine Grübchen.

»Also stimmt es? Du bist ein Attacker?«

Rajani sah erneut aus dem Fenster.

»Habe ich dir schon von dem Tag erzählt, an dem Viktor mich geholt hat?« Sie machte eine kurze Pause. »Ich bin gerade mit meinem kleinen Bruder zusammen gewesen. Wir haben auf dem Boden gesessen und ich habe ihm eine Geschichte erzählt. Er liebte es, meinen Interpretationen indischer Märchen und Götterlegenden zu lauschen. Ich habe die Stimmen der Götter imitiert, auch wenn Mama immer gesagt hat, dass ich das nicht dürfe. Ich habe es trotzdem gemacht. Jivan hat oft die Luft angehalten, weil er so gespannt zugehört hat. Er war erst sechs, als ich ... Es war an meinem sechzehnten Geburtstag. Mama war am frühen Nachmittag nochmal zum Markt gegangen, Papa und meine Brüder waren auch weg. Nur Jivan und meine Großmutter und ich waren im Haus. Ich habe Jivan gerade erzählt, wie der Adler Garuda den Unsterblichkeitstrank holte, dabei nachgeahmt wie er mit seinen großen Schwingen über das Land fliegt, da ist es das erste Mal passiert. Ich habe mich verwandelt.«

Rajani sah auf ihre Finger. Im schummrigen Licht konnte ich erkennen, dass die Nägel an vielen Stellen eingerissen war. Sie musste schon eine Weile daran herumkauen.

»Ich habe meinen Bruder zu Tode erschreckt. Ich meine ... Seine Lieblingsschwester war auf einmal eine große Raubkatze. Der arme Jivan. Er hat um Hilfe geschrien und ... er hatte so furchtbare Angst vor mir. Doch ich konnte ihm nicht helfen. Ich habe mich einfach auf ihn gestürzt!«

Rajani traten Tränen in die Augen. Ihre Stimme begann zu zittern.

»Er hat sich nicht mal gewehrt. Ich stand über ihm, habe meine Krallen in seinen dünnen kleinen Körper gefahren und er … er hat mich einfach nur noch angesehen.«

Sie schluckte sichtbar.

»Viktor kam in letzter Sekunde. Er hat mich von ihm heruntergeholt und mich solange festgehalten, bis ich wieder einigermaßen klar denken konnte.«

»Du bist nicht ohnmächtig geworden?«, fragte ich.

»Es war eine andere Art der Ohnmacht. Der Nebelparder hat meinen Körper so schnell unter Kontrolle gehabt, dass mein menschliches Ich vollkommen verschwunden war.«

»Einfach so?«

»Ja. Einfach so. Und ich konnte nichts dagegen tun.« Rajani sah mir erneut tief in die Augen. »Ich bin ein Monster, Lena.«

»Sag doch so etwas nicht.« Ich hatte Mitleid mit ihr, obgleich sie versucht hatte, mir ernsthaft weh zu tun. Ich wusste ja schon, welche Probleme ich am Anfang gehabt hatte. Doch war ich nur geflüchtet und habe nicht Tante Rita angegriffen oder sonst jemanden, der mir wichtig war.

»Es muss furchtbar gewesen sein …«

»Das war es auch.« Rajani wischte sich die Tränen aus den Augen. »Aber hier habe ich schnell gelernt, das Tier zu kontrollieren. Viktor war mir eine große Hilfe. Er … ist wie ich, weißt du.«

Das ist also der Grund, wieso sie so eine enge Bindung zu ihm hat. Er ist der Einzige, der sie versteht.

»Viktor ist also auch ein Attacker.« Ich hätte es mir eigentlich denken können. So wie Rajani damals von ihm gesprochen hatte, bei meinem Test am ersten Tag. Es konnte nur so sein. Es passte zu ihm und es passte zu Rajani.

»Kann man nicht irgendetwas tun?«

»Was meinst du?«

»Na verhindern, dass du in diesen ... Rauschzustand gerätst, oder was auch immer das ist.«

»Er kommt, wenn er kommt. Unvorhergesehen und unstoppbar. Das macht es ja so gefährlich.«

»Das heißt, Viktor könnte auch jeden Moment einfach so ...?«

Rajani schüttelte den Kopf.

»Viktor ist seit über zwanzig Jahren ein Wandler, Lena. Er kann den Tiger in sich besser kontrollieren als alle anderen Campbewohner zusammen. Vor ihm müssen wir uns nicht fürchten. Vor mir schon.«

»Ach Unsinn! Du bist keine Gefahr für uns. Du würdest niemals jemandem Schaden zufügen. Das glaube ich einfach nicht.«

»Sag das nicht. Du kannst es nicht wissen.«

Ich sah sie eindringlich an.

»Raja. Auch wenn wir uns noch nicht so lange kennen. Ich weiß, dass du kein schlechter Mensch bist.« Ich sah ihr tief in die trüben Augen. »Du wirst es schaffen, das Tier in dir so gut zu kontrollieren, wie Viktor es tut. Ich würde dir dabei ja helfen, aber als Defender bin ich dir da keine große Hilfe, fürchte ich.«

Rajani grinste.

»Ist nicht wahr? Du, ein Defender?«

Ich grinste zurück.

»Schicksal, oder so. Eine Can und eine Fel, ein Attacker und ein Defender. Dass wir uns noch nicht an die Gurgel gegangen sind, ist echt ein Wunder, was?«

Rajani kicherte.

»Das wird noch kommen.«

»Ich hoffe nicht. Aber wenn, wissen wir zumindest, dass es nichts Persönliches ist.«

»Lena?« Rajani sah mich aus großen Augen an. »Ich bin müde ... Würde es dir etwas ausmachen, mich jetzt alleine zu lassen?«

»Klar. Bin schon weg. Draußen ist sowieso noch immer Par... na ja, wir Can sitzen noch am Feuer.«

»Party wolltest du sagen. Schon okay. Glückwunsch. Du hast es dir verdient.« Rajani rang sich ein Lächeln ab.

»Danke.« Ich schloss sie erneut in die Arme. Dann ließ ich sie allein und kehrte zurück zu meinem Rudel.

Am finsteren Nachthimmel glitzerten Sterne. Es war kühl, doch das störte mich nicht. Das Gras unter meinen nackten Füßen war feucht. Meine Zehen sanken tief in die aufgeschwemmte Erde. Gräser kitzelten meine blanken Beine und bescherten mir eine Gänsehaut. Das Rauschen des nahen Flusses überdeckte einen Teil des Lärms, den diejenigen erzeugten, die bereits darin schwammen. Der Fluss sah aus wie ein finsteres Loch und dennoch übte er eine ungeheure Anziehungskraft auf mich aus.

Nur noch in Unterwäsche, watete ich durch das modrige Ufer, mit den Füßen in Schlamm versunken. Das kühle Wasser spülte ihn zum Glück sofort weg, als ich mich nach vorne fallen ließ, um einmal komplett unterzutauchen. Mein Körper zitterte aufgrund der Kälte, doch im Inneren brannte ein Feuer.

Ich hatte gewonnen.

Wir hatten gewonnen.

Die Spiele gegen die anderen Camps konnten beginnen!

Ich ließ mich zwischen den anderen meines Rudels im Wasser treiben, schwamm ein paar Züge und tauchte immer wieder unter. Selbst bei so vielen Menschen um mich herum fühlte ich mich seltsam gut. Frei. Lebendig.

Plötzlich fiel mir ein, dass der Sieg ohne den Pantherjungen nicht möglich gewesen wäre. Und erneut fragte ich mich, wieso er mir geholfen hatte. Zweimal. Beim ersten Spiel und auch beim letzten. Beide Male hatte er die Möglichkeit gehabt, mich aufzuhalten, beide Male hatte er es nicht getan. Sogar vor den Mitgliedern meines eigenen Rudels hatte er mich beschützen müssen. Aber wieso? Wieso gerade mich - eine Can? Das ergab doch keinen Sinn.

»Da bist du ja.« Janis schlang von hinten seine Arme um mich. »Ich hatte schon befürchtet, du bist schlafen gegangen.«

Ich lehnte meinen Kopf gegen seinen, fühlte die starken Arme um meine Taille. Es fühlte sich gut an, vertraut.

»Ich bin da, wie du siehst.«

»Ja, das bist du.« Er küsste zärtlich meine Schultern. Dann drehte er mich herum, legte seine Lippen auf meine.

Ich fühlte eine Glückswelle über mich hinwegschwappen. Janis war hier, mit mir. Wir waren zusammen. Ich war glücklich.

Und doch konnte ich nicht aufhören, an den Pantherjungen zu denken ...

Fortsetzung folgt ...

Fan werden und keine Episode verpassen!

www.facebook.com/amberauburn.autorin
Mail: amber.auburn@gmx.de

Und so geht es weiter:

Episode 5 - Kupferfell

Wie wird es Lena nach dem Sieg ihres Rudels ergehen? Wird sie Janis irgendwann von Zofias Verrat berichten? Und was hat es wirklich mit dem mysteriösen Pantherjungen auf sich?

Das alles und noch mehr erfährst du in der nächsten Episode der Academy of Shapeshifters-Serie.

43837485R00045

Printed in Poland
by Amazon Fulfillment
Poland Sp. z o.o., Wrocław